KB029804

걸레옷을 입은 구름

실천시선 210
걸레옷을 입은 구름

2013년 6월 21일 1판 1쇄 펴냄
2015년 5월 20일 1판 3쇄 펴냄

지은이 이은봉
펴낸이 김남일
편집 이호석, 박성아, 이승한
디자인 김현주
관리 · 영업 김태일, 박윤혜

펴낸곳 (주)실천문학
등록 10-1221호(1995.10.26.)
주소 서울특별시 마포구 월드컵로10길 48 501호(서교동, 동궁빌딩)
전화 322-2161~5
팩스 322-2166
홈페이지 www.silcheon.com

ⓒ 이은봉, 2013

ISBN 978-89-392-2210-6 03810

이 책 내용의 전부 또는 일부를 재사용하려면
반드시 지은이와 실천문학사 양측의 동의를 받아야 합니다.

이 도서의 국립중앙도서관 출판시도서목록(CIP)은
e-CIP홈페이지(http://www.nl.go.kr/ecip)와
국가자료공동목록시스템(http://www.nl.go.kr/kolisnet)에서 이용하실 수 있습니다.
(CIP제어번호:CIP2013008694)

실천시선 210

걸레옷을 입은 구름

이은봉

실천문학사

차례

제1부

제2부

제3부

제4부

제 1 부

저 산수유꽃

등불 환히 켜 들고 걷는 하늘길이다
길 끊긴 곳, 빈 공중을 향해 내뿜는
샛노란 물줄기다 절벽 끝까지
몰려와 삐악거리는 저 병아리 떼
산기슭 어디에도
나아갈 길 없다 종종거리며
치마끈 풀어 헤치는 봄, 자궁 속으로
뜨거운 모가지, 처박을 수밖에 없다
마른버짐 피어오르는 얼굴
두 손으로 감싸 안으며
꽃이여 그만 등불을 꺼라
끝내 네가 되지 못한, 지난겨울의 꿈
산골짜기 시린 물그늘 속으로
조용조용 스며들고 있다 이울고 있다.

민들레꽃

농협 창고 뒤편 후미진 고샅, 웬 낯빛 뽀얀 계집애 쪼그려 앉아, 오줌 누고 있다

이 계집애, 더러는 샛노랗게 웃기도 한다 연초록 치맛자락 펼쳐, 아랫도리 살짝 가린 채

왼편 둔덕 위에서는 살구꽃 꽃 진 자리, 열매들 파랗게 크고 있다

눈 내리뜨면 낮은 둔덕 아래, 계집애의 엄니를 닮은 깨어진 사금파리 하나, 반짝반짝 빛나고 있고.

봄 들판

알전구의 따사로움으로 내리쬐는 햇살이리 질화로의 포근함으로 떠 흐르는 아지랑이리 꽃다지의 솜털로 몸 흔드는 실바람이리

화사하게 색동옷 갈아입는 봄 들판이여
보리밭 차 오르며 조잘대는 노고지리여

엉덩이를 들썩이는 골짝물로 흘러내리리 버들잎 여린 입술로 뽀짝거리며 피어나리 이웃집 순이의 옷고름에 내달려 웃는 달뜬 마음이리.

봄꽃들

자유농원 들마루 위에 쪼그려 앉아
지는 봄, 꽃들 주욱 펼쳐 든다
이 책은 소리 내어 읽어도, 좀처럼 이해되지 않는다
난해하다 모가지 뚝뚝 잘린
동백이여 검붉은 네 머리통 위로
산벚나무 찢어진 꽃잎들
주루룩 흘러내린다 움푹진 땅거죽마다
흥건히 고이는 새하얀 핏물들……
세상 환하다 눈 지그시 뜨고
푸르르 날아오르는 나비들의 날갯짓까지
황망히 읽는다 너무 가까워
잘 보이지 않는다 자유농원
들마루에 쪼그려 앉아 펼쳐 든
책이여 산벚나무 지는 꽃잎이여
모가지 뚝뚝 잘린 동백 꽃잎이여
희고 붉은 네 머리통에, 그만 내 마음 묻는다
남은 젊음, 남은 봄, 빛들

가슴마다 아픈 파 뿌리로 자라고 있다.

주산리 꽃잔치

화들짝 피어오른 벚꽃들
송이눈으로 흩날리고 있다 목련꽃들
아직 젖가슴 퉁퉁 불어 있다
막내아우의 생일이라고
형제들 주산리 오막살이로 모여든다
아내가 옆집에서 어린 상추를 얻어 와 씻는 사이
나는 차 몰고 시내에 나가
돼지 삼겹살 몇 근 사 온다
고기 굽는 냄새가 피어오르자
조카 놈들, 입 딱딱 벌리며 달려든다
노란 부리의 제비 새끼 같다
이 모습 바라보며 제수씨들
신이 나는 모양이다 아내도
흐뭇한지 배시시 웃는다 누이동생 내외도
조금 늦게 도착해 너스레를 떤다
개나리며 진달래도 낯빛 환하다
민들레며 제비꽃도 눈웃음친다

한창 꽃철인데 그냥 말 수 있겠느냐며
마음 들뜬 어머니가, 형제들
한자리로, 주산리 오막살이로 불러들인 것이다
벚꽃들 송이눈으로 마구 흩날려
막내아우 생일잔치, 꽃잔치다
형제들 모여 벅적대는 것 너무 좋아
어머니의 입, 함박만 하게 벌어진다.

나바위성당

손나팔을 하고 질러대는 함성
산언덕을 덮는다 눈 뜨고 바라보니
사람들이 아니라 봄꽃들이다
한창 짓이 나 깔깔대는 벚꽃들이라니
손뼉을 치고 있는 목련꽃들의
낯빛도 한창이다 바윗덩이
넓게 펼쳐져 있는 산언덕까지
갓을 쓰고 두루마기를 입은
젊은 예수가 십자가를 짊어진 채
콧노래를 흥얼대며 걷고 있다
눈 감고 바라보니 예수가 아니라
김대건 신부다 이 벅찬 황홀이
다 옛 사람들의 수난 때문인가
발을 구르며 아우성을 쳐대는
진달래꽃들이라니 개나리꽃들은
아예 가슴 쫙 편 채, 눈물
흘리고 있다 멋대로 달뜨는

민들레꽃들이며 제비꽃들도
여기저기 바짝 고개를 쳐든 채
기쁨의 환호성, 내지르고 있다
성당 안팎이 모처럼 꽉 차오른다.

오월이라고

오월이라고 오동꽃 벙글어진다
아까시꽃 하얗게 웃는다
새끼 제비들 벌써 빨랫줄 위에까지 날아와 앉는데
모란꽃 뚝뚝 떨어진다
한바탕 흙먼지를 날리며 회오리바람 분 뒤
타다다다, 여우비 쏟아진다

지난 1980년대 이후, 꽃 피고 지는 오월
함부로 노래하지 못했다
최루탄 가스로 가득 찬 역사에 들떠
꽃이나 나무 따위 들여다보지 못했다

오월이라고 눈 들어 숲 바라보니
반갑다고 오동꽃 눈 찡긋한다
어이없다고 아까시꽃 헛기침한다
이제는 꽃이며 나무와도 좀 친해져야겠다
저것들, 이승 밖에서부터 나를 키워준 것들

너무 오래 버려두어 많이 서럽겠다.

늦봄

후두둑, 여우비 쏟아져 내린다
물비린내 코끝으로 몰려온다

비 그치자 부는 바람 타고
꽃향기, 온몸으로 끼쳐온다

쉰 목소리 쿨럭이는 봇도랑 위
하얗게 떠 흐르는 꽃향기

벌 나비로 몸 바꿀 틈 없어
꽃들, 미처 사랑할 틈 없다

올해도 오동꽃 지는 줄 모른다
아까시꽃 지는 줄 차마 모른다.

강아지풀

밭두둑의 흙은 강아지풀의 집이지요
강아지풀은 흙 속에서 살지요

밭두둑의 강아지풀은 흙의 대문이지요
강아지풀을 여닫으며 흙은 숨 쉬지요

흙의 대문 위에 이슬이 맺혀 있군요
강아지풀, 모처럼 세수를 했나 보네요.

상수리나무들아

상수리나무들아 상수리나무 둥치들아
너희들이 좋구나 너무 좋아 쓰다듬어도 보고, 끌어안아도 보고, 그러다가 상수리나무들아 상수리나무 둥치들아
나, 너희들 들쳐 업는구나 너희들, 나 들쳐 업는구나
우거진 잎사귀들 속, 흐벅진 저고리 속
으흐흐 젖가슴 뭉개지는구나
상수리나무들아 상수리나무 둥치들아
그렇구나 네 따뜻한 입김,
부드러운 온기 속으로
나, 스며들고 있구나 찬찬히
울려 퍼지고 있구나
너희들 숨결, 오래오래 은근하구나
상수리나무들아 상수리나무 껍질들아
껍질 두툼한 네 몸속에서 작은 풍뎅이들, 속날개 파닥이고 있구나 어린 집게벌레들, 잠꼬대하고 있구나
그것들, 그렇게 제 몸 키우고 있구나
내 몸에서도 상수리나무 냄새가 나는구나

쌉쌀하구나 아득하구나 까마득히 흘러넘치는구나.

뻐꾸기 울음

진제마을 솔숲 속 무슨 슬픔 귀양 와 사나
무덤들 사이, 바위들 사이
이 마을 솔숲 속 무슨 아픔 쫓겨 와 사나

달빛 부풀어 아까시꽃 지는데
이슬 잦아져 오동꽃 지는데

진제마을 솔숲 속 무슨 절망 머리 풀고 우나
사람들 사이, 짐승들 사이
이 마을 솔숲 속 무슨 설움 쪼아대며 우나.

낮달

낮달은 한 무더기 찔레꽃이다
나비 떼 뽀얗게 날아올라
초여름 햇살, 꽃잎꽃잎 떨어져 내린다

가던 길 멈추고 잠시 쉬어보는 숲길
찔레 순 꺾어 먹다 보면
저무는 어스름 저녁별
삼베빛 솜병아리로 짹짹거린다

해 지기 전 서녘 하늘가
밀가루 반죽처럼 둥그렇게
부풀어 오르는 낮달
어디선가 국수 삶는 냄새가 난다

걸음걸음 탱자빛 노을이 흔들리고
새뽀얀 나비 떼가 흔들리고
숲길 깨우는 북소리, 둥둥둥 구수하게 익는다.

참나무들

참나무들, 장수하늘소의 마음을 하고, 내 기쁨이며 슬픔, 찬찬히 내려다본다
오늘도 혼자군, 낯익은 말소리, 허공에서 들려온다
장수하늘소만 하늘을 깨치는 것은 아니지, 중얼거리는 소리도 뒤따라 들려온다
저 초록 선사들, 수천 년 닦아온 사람들의 길, 지우다가 지쳤는지
반짝거리며 숲 가운데 아름다운 문자들 만든다
빛나는 의미들, 참나무들까지 저처럼 깊은 마음 지니고 있다니
이 초록 선사들에게 나는 내 절망이며 고통도 좀 살펴보라고 내뱉듯이 한마디 한다
곧이어 뻔하지 집으로, 고향으로 돌아가고 싶지, 시큰둥한 말소리 들려온다
어느새 혓바닥 내밀어, 어미 소가 어린 송아지 핥듯, 내 뺨이며 목덜미 마구 핥아대는 저 원시의 생령들
퉁명스럽게 그만해, 한마디 톡 쏘아붙이고 싶은 가슴,

울렁인다

조금만 한눈을 팔면, 순식간에 손 내밀어 한 아름 햇살들 끌어안는, 으라차차 한바탕 놀이판 벌이는 저 철없는 초록 선사들

내 슬픔이며 우울도 좀 들여다보더니 한심스러운 듯 짜아식, 하며 어른스럽게 입술 씰룩거린다.

집의 집

옛집, 무너진 담벼락 아래
함부로 흩어져 있는, 블록 벽돌 속
너무도 익숙한 텃새 두 마리
번갈아 드나들고 있다
날카로운 부리에는
메뚜기, 잠자리, 풀여치 따위
죽어도 좋다, 온몸 파닥거리며
꽈악, 물려 있다
거칠 것 없는 햇살들
두충나무 넓은 이파리를 뚫고
팍팍, 터져 내리는 늦여름 오후,
샛노란 새끼들의 주둥이
드높은 하늘을 향해
쫙쫙, 벌리고 있다
목청을 높이고 있다
짜식들, 발가락까지 샛노랗다
옛집, 허물어진 담벼락 아래

멋대로 나뒹구는 블록 벽돌 속
거기, 집의 집 있다
쪼르르, 찍찍, 짹짹
찌르르, 뽀짝뽀짝, 뽀오
어린 신의 목소리 즐겁다.

여름비

엷은 안개 더미를 옆구리에 끼고 내리는 비
아픈 제 가슴을 칼로 저미며 내리는 비

버들가지를 흔들고, 망초 꽃대궁을 흔들고
찢겨진 하늘을 담은 저수지 위로 내리는 비

눅눅한 땅, 더욱 눅눅하게 적시는 저 여름비 속에는 무엇이 사나 해와 달이 가도 가지 않는 슬픔이 사나 설움이 사나 우울이 사나

쑥대궁을 흔들고, 신우댓잎을 흔들고
머리칼을 어지럽게 풀어 헤친 채 내리는 비

입 꽉 다물고 땅바닥만 쳐다보며 내리는 비
느릿느릿 한세상 죄 적시며 내리는 여름비.

담쟁이넝쿨

담쟁이넝쿨을 보면 겁난다
손만 닿으면
꾸역꾸역 기어오르는
사람의 역사가 떠오르기 때문이다

담쟁이넝쿨처럼
갈퀴손이 달려 있는
사람의 문명

아무리 높은 담도
갈퀴손만 닿으면
사람의 오늘은 길을 만든다

급기야는 달나라에까지
은하 철도를 놓는
사람의 내일……
담쟁이넝쿨을 보면 무섭다.

저 석양

만추의 들판, 가득 채우며 쏟아져 내리는
저 석양, 탱자빛 노을만으로도
마을 뒤편 대나무 숲은 자란다
우물가 텃밭 고추들은 익는다

대지의 마음, 촉촉이 적시며 퍼져 내리는
저 석양, 삼베빛 노을만으로도
고향 집 저녁밥 짓는 연기 피어오른다
온종일 재재대던 참새들 귀가를 서두른다

울바자 아래로 뛰어내리는 단풍잎처럼
함부로 나뒹굴고 있는 석양이여
뼈만 남은 앞다리 푹푹 꺾어가며
논두렁 터벅거리고 있는 노을이여

부지깽이로 문지방 두드리며 밀려오는
저 석양, 볏짚빛 노을만으로도

벌떡 일어서는 당신, 먼먼 사막 길 걷고 있다
곳간마다 볏가마니, 차곡차곡 쌓고 있다.

바다

—태풍

바다는 그만 화가 났나 보다
제 가슴을 향해 내던지는 쓰레기들
쓰레기 같은 족속들

발작이라도 하듯 온몸 흔들어
와그르르, 그것들
한꺼번에 토해낸다

여기저기, 바닷가 가득
사람의 껍질들
지저분하게 널브러져 있다

하늘은 그만 짜증이 났는지
제 몸 오그렸다 펴며
한 번 더 폭풍우 불러들인다.

제 2 부

늦여름

돈암역에서 전철을 내려 산언덕 오르다 보면
입추라고 벌써 서쪽 하늘의 노을빛 다르다
집에 도착하자마자 마음 변하기 전에
장롱 뒤져 긴팔 셔츠 몇 개 꺼내놓는다
저녁밥을 먹은 뒤에도 여전히 더워
태극선을 들고 저녁별 따라 집 밖으로 나온다
후끈 달아 있는 아스팔트의 열기
억지로 부쳐대는 태극선 저쪽
미아리고개 이쪽의 당집 깃발들 시르죽어 있다
집 뒤 개운산공원을 향해 발길 옮긴다
스포츠센터 근처의 수돗물 쫄쫄쫄, 미지근하다
올가을은 어디까지 마중을 가야 오나
구석구석 여름 더위 고이고 쌓여 들끓는다
시멘트 담장 안에 갇혀 꼼짝 못하는 가을
너무 짜증 나 턱, 숨 끊어버리면 어쩌나
요즈음 들어 지구가 하는 일 너무 겁난다.

봄밤

봄밤이네요 삼월도 한창
청매화 피어오르는데, 송이눈 내리네요

앞이마의 푸르른 정맥 위에
청매화 꽃향기 같은
삼월의 송이눈 맞으며
아무런 생각 없이 걷고 싶네요

낡아빠진 코트 깃 치켜세우고
불어오는 바람 따라
걸음걸음 출렁이며 온몸 실으면 좋겠네요

구례 섬진강 어디 맑은 물결로
부푼 마음 벌써 떠 흐르네요
그런 걸음으로 자꾸만 걷고 싶네요

일찍 핀 청매화 꽃잎들

송이눈으로 흩날리네요 그래요 봄밤이네요.

발목 잡힌 봄

무엇이 봄의 발목을 잡고 있을까
산 고개 넘어오다 노루 올무에라도 걸린 걸까

겁에 질린 청매화 꽃망울들
피다가 만 낯빛 하얗게 질린다

지구 저쪽에서는 지진 해일로
해변가 마을 폭삭 무너지고 있다

지구 이쪽에서는 겨울이 가지 않고
눈보라로 나뒹굴며 뻗대고 있다

식장산 꼭대기의 휘황한 안테나 접시들
아무런 소식도 듣지 못한 걸까

사람들의 마음속 벽시계까지
빈대떡처럼 찌그러진 지 오래다

발목 잡힌 봄, 어디 산마루를 넘어오다
뽕이라도 처먹고 벌러덩 나자빠져버린 걸까.

산벚꽃

재잘대며 흐르는 시냇물 따라
산기슭이다 산기슭 위로
벚나무들 한데 어울려
무더기로 무더기로 꽃 피우고 있다

꽃수레를 타고 찾아가야 하는
꽃대궐이 여기인가
입 벌려 놀랄 틈도 없이
하르르 불어오는 바람……

순간 산벚꽃 꽃잎들
떨어져 내린다 흐르는 시냇물 위
갓 태어난 나비 떼
새하얀 날개 파닥거린다

연분홍 복사 꽃잎까지
꼬리 치며 떨어져 뒤섞이고 있다

흐르며 흔들리는 세상
황홀하다 여기가 잠시, 정토인가.

벽오동나무

여우비 속 우두커니 서 있는 벽오동나무, 떨어지는 잎사귀들, 훅 하니 내 뺨을 어루만진다

손이 따뜻한 그녀, 제 코를 내 코에 대고 마구 문지른다

땅바닥에서 꽃향기, 후끈 솟구쳐 오른다

하늘이 내뱉는 숨결들, 우르르 몰려나와 오동나무의 젖은 몸, 그윽하게 적신다

젖은 몸속의 젖은 마음들, 시고 떫고 끈적한 열매들, 조심조심 키워낸다

살 오른 젖은 나뭇가지 위, 초여름 햇살들, 잠시 날개를 접는다

벽오동나무가 아니면, 앉지를 않겠다던 마음, 날개 위

오도카니 앉아 있다

대나무 열매가 아니면, 먹지를 않겠다던 마음, 봉황의 자세로 거기 함께 앉아 있다.

빗방울들

먹구름들, 그만 뭐 찔끔 쌌나 보다
물비린내, 허공 가득 번져온다

제석산 입구, 허물어진 집터 아래
빗방울들, 투덕투덕 걸어간다

나뒹구는 후박나무 젖은 잎사귀들
훅 하니, 빗방울들의 귓밥 물어뜯는다

두근대는 후박나무의 숨소리들
빗방울들의 엉덩이 찬찬히 휘감는다

후두둑, 솟구쳐 오르는 물비린내들
입속의 석류알만큼이나 시고 떫다

슬픔들, 동그랗게 몸을 말아
흐르는 도랑물 속으로 굴러떨어진다

제석산 입구, 허물어진 집터 아래
빗방울들, 느린 발걸음 퍼뜩 치켜든다.

오류동 빈터

쇠비름이며 물여뀌가 자라고, 강아지풀이며 개망초꽃이 뾰족이 민낯짝 내미는 곳

가끔은 콩나물이며 밥알이며 라면발 따위, 이리저리 흩어져 있는 곳

자치기를 하는 아이들, 땅뺏기를 하는 아이들, 히히덕대는 소리, 엉덩이 까불대는 소리

때로는 고등어가 싸요 싸 꽁치도 참꼬막도 있어요 물오징어도 있어요 더벅머리 총각, 트럭을 몰고 와 생선을 팔기도 하는 곳

이제는 없는 곳, 하늘 높은 줄 모르는 빌딩들, 굶주린 마음 하나로 아등바등 똬리를 트는 곳

눈 감으면 곡마단 트럼펫 소리, 버나 돌리는 소리, 원숭

이 달래는 소리, 아늑히 들려오는 곳.

여름, 쌍봉사

먹감나무 넓은 잎들, 두텁고 푸르다

후줄근히 땀에 젖은 마음으로
대나무 평상 위에 걸터앉는다

후끈 달아오르는 여름의 알몸
와락, 달려와 내 목덜미 끌어안는다

숨이 턱, 막힌다
(쌍봉사 대웅전은 봉우리가 하나뿐)

끈적대는 여름의 알몸
지렛대 고여 억지로 밀어내는 사이,

먹감나무 밝은 그늘 아래
수캐 한 마리 축, 늘어진다

한 봉우리 벌겋게 부풀어 오른다.

고구마 밭에서

외곽 도로 저쪽, 싱싱하게 자라 오르는
고구마 밭에 가볼 작정이다 연초록 치마를 입고
흐드러지게 일어서는 고구마 밭고랑에
진월동 서라아파트 십이 층에서 내려다보면
저 고구마 밭, 스물하나
내 어린 아랫도리를 꽈악, 잡고 놓지 않던
상이 년의 짧은 원피스 같다
아직 가슴 울렁이게 하는
들판 가로질러 내달리다 보면
벼 익는 소리 먼저 발길에 걷어차인다
숨 들이쉴 때마다 벼 익는 냄새
확확, 목구멍 막아댄다 언뜻
알싸한 지분 냄새도 함께 밀려온다
상이 년의 짧은 원피스는 어느새 보이지 않는다
고구마 밭 좁은 두렁 위에 앉아
피워 무는 담배 연기 속으로
싱긋싱긋 웃어대는 아침의 마음들,

청춘의 기억들 밀려 올라온다
그년 참 화사하던 낯빛이라니
고구마 밭 연초록 이불 위에 앉아 바라다보는
진월동 서라아파트 저쪽 도시의 한복판
너무 아득하다 너무 멀리 온 날이다.

상강(霜降)

햇살은 다소곳이 눈빛을 내리깔기 시작하고, 바람은 차츰 서리옷을 입기 시작하네

살갗을 문지르면 선뜻 한기가 돋아오는 시월

달걀노른자빛으로 익는 가을 들판의 벼이삭들, 올해도 살 오른 가랑이 사이로 미꾸라지 몇 마리 키우고 있네

서둘러 돌아갈 채비를 하고 있는 여름 철새들이라니

도랑물은 제 주둥이에 달콤한 아이스크림을 넣고도 거듭 칭얼거리네

시간이 은행잎처럼 떨어져 거리를 나뒹굴고 있는 동안, 나는 세상의 문밖에 서서 은행잎에 새겨지는 주름살 따위나 헤아리고 있네

자꾸만 닮아가는 젊음, 걸레옷을 입은 채 허공을 날고 있거늘 세상의 좁은 구멍 속으로 들어가겠다는 마음, 쉽게 가라앉지 않네

은행나무 그루터기에 걸터앉아 혼자 중얼대는 콧노래는 그래도 아직 흥겹네

밭두렁에서는 여태 예쁜 꽃뱀들, 바쁘게 혓바닥 날름대

고 있네
 그런 마음들 위에도 서리는 자꾸만 내리고, 쌓이고, 덮이고.

옛 마을을 향한 내일의 노래

다섯 개의 맑은 우물이 출렁대는 마을이 있었네 언덕마다 사과꽃이 피어오르는 마을이 있었네 앞뜰에는 염소 떼가 풀을 뜯고 있었네 뒤뜰에서는 병아리 떼가 어미닭을 쫓고 있었네

이 마을의 우물가에서 나는 처음 한 사랑을 알았네 복사꽃 냄새에 쫓겨 그만 청춘을 불살랐네

밭두렁을 거닐며 내일을 노래하던 마음이여 개나리 샛노란 꽃빛 속 한없이 자맥질하던 마음이여

언제나 사랑은 버들잎과 살구알과 풀여치와 굴참나무와 소쩍새 울음소리와…… 몸을 섞으며 크고 있었네 그렇게 미래는 지난 세월로 자라고 있었네 가난한 축제로 자라고 있었네

오늘도 내일은 이 마을을 향해 걷고 있었네 아스라한

배꽃 향기 속으로 씩씩하게 걸어 들어가고 있었네

한때는 상큼한 앵두알 한 움큼씩 입속에 털어 넣던 마음이여 하늘 가득 풋풋한 뭉게구름으로 피어오르던 마음이여

차마 씻어낼 수 없었네 숲그늘마다 흘러넘치는 첫 키스의 환희를, 온몸으로 자지러지는 개나리꽃 샛노란 황홀을

뽀얗게 문드러지고 있는 이 마을 라일락꽃 향기 속에는 온갖 청춘들 우쩍우쩍 크고 있었네

밤꽃 흐드러지는 불길 속 이 옛 마을 우물가에 앉아 평생 어지럽고 싶었네 신생의 향기 속에서 지는 낙엽들 붉게 붉게 긁어모으고 싶었네.

단감 몇 개

너무도 오랫동안 냉장고 속에 넣어두었나 무슨 보물인양 아껴두었나 어느새 흐물흐물 물러 터진 단감 몇 개, 손에 들고 방문 연다

방문 옆으로는 과학고등학교 나직한 언덕, 언덕 위로는 덩그렇게 떠오르는 달, 그 아래로는 새로 달아 붙인 삐딱한 이 층 상하방,

이 집 삐딱한 계단 걸어 내려온다 맷방석만 한 빈터, 쪼그리고 앉는다 쓰레기통에 넣기에는 아까운 물러 터진 단감 몇 개, 땅에 파묻는다

라면 봉지, 과자 봉지 따위 마구 흩어져 있는 과학고등학교 담벼락 밑, 거기 붉은 달덩이 몇 개 파묻는다 싹 틔우리라고는 아예 생각도 못하면서.

밤안개

남평 들 곱게 어루만지는 밤안개는 달콤하고 촉촉한 혓바닥을 갖고 있다 넓고 뭉클한 젖가슴을 갖고 있다

암소처럼 따뜻한 입김 훅훅 뿜어대는 이 여자, 풀잎들의 거친 뺨 부드러이 핥아대는 이 여자,

낮빛 뽀얀 이 여자는 억지로 마중 나가지 않아도 좋다 부케를 들고 서 있는 어린 신부에게처럼 고개 숙여 간청하지 않아도 좋다

홍시들 얼굴 붉히는 가을이 오면 절로 창문 두드리기 때문이다 엉덩이 씰룩대며 제 살빛 치마 걷어차며 찾아오기 때문이다

밤안개는 오늘밤 누군가를 제 가슴에 품고 싶다 비쩍 마른 갈대라도 꼬옥 끌어안고 싶다 깊이깊이 잠들고 싶다.

폐타이어

버려진 폐타이어는 검다
검게 저무는 지장보살이다

반쯤 땅속에 묻힌 채
세상의 질병 온몸으로 앓고 있는
지장보살은 둥글다

둥근 마음으로 그는 시방
아스팔트 위를 달리며 만든
피고름 죄 삭이고 있다

지장보살이 아프니
땅도 아프다 검게
저무는 것은 다 아프다

아픈 몸으로 그는 다시
거름을 만들고 있다 샐비어 몇 송이

빨갛게 꽃 피울 꿈 꾸고 있다.

막

자귀나무 분홍 꽃잎과 나 사이에는 어떤 막도 없다 아니 막이 너무 엷어 없는 것처럼 보인다

내가 자귀나무 분홍 꽃잎에게로 건너가 자귀나무 분홍 꽃잎으로 피어오르더라도 누구 하나 아프지 않다

불어오는 건들바람을 따라 자꾸만 제 몸을 살랑대는 자귀나무 분홍 꽃잎,

그녀의 가슴에는 이미 작은 내 한숨이, 손때 묻은 내 책이, 포근하면서도 너절한 내 침실이 들어 있다

시간이 흐를수록 흔들리는 자귀나무 분홍 꽃잎의 막은 봄이 지나면서 더욱 엷어진다

마침내 여름이 오면 자귀나무 분홍 꽃잎과 나 사이에는 어떤 막도 없이 사랑이 익는다

아직은 벌레 새끼 한 마리 키우지 못하지만……

흔들리면서도 흐르는 시간을 따라 나는 자꾸만 잦아드는데

그녀는 간드러지는 제 몸을 외로 꼬며 겨드랑이 아래로 거듭 푸르른 꽃망울들 밀어 올린다

마침내 나는 없다 시간이 흐를수록 나 대신 자귀나무 푸르른 꽃망울이

작은 내 한숨으로, 손때 묻은 내 책으로, 포근하면서도 너절한 내 침실로 커 오른다 그렇게 둥근 원으로 나는 천천히 다시 또 있다 없으면서 있다.

生의 알

천둥이 치고 번개가 쳐야 生의 껍데기는 깨지지 生의 껍데기가 깨져야 알은 태어나지
生의 알…… 알에서 태어나는 生은 외롭지 슬프지 아프지
바퀴가 달려 있기 때문이지
바퀴는 돌고, 도는 바퀴의 축에는 '떠돌이'라는 굵은 글씨가 새겨져 있지
더러는 '나그네'라는, 더러는 '낙타'라는 글씨가 새겨져 있기도 하지
'아버지' 혹은 '고향' 따위의 글씨는 새겨져 있지 않지
바퀴가 달려 있는 알의 生, 한번 구르기 시작하면 글씨는 금세 사라지지
구르는 알의 生은 하나의 까만 점, 멈출 줄 모르지
멈추면 흙 속으로, 대지 속으로 아름답게 미끄러지는 거지 어머니의 자궁 속, 딱딱한 알의 껍데기를 뒤집어쓰는 거지
껍데기를 깨고 다시 밖으로 튀어나올 때까지는

미끄러지지 않기 위해서라도 바퀴는 구르지 구를수록 눈덩이처럼 커지며 신화와 전설을 만드는 알의 生,

끝내 저를 깨뜨려 밖으로 튀어나오는 알의 生, 때가 되면 그도 멈추기 마련이지 바퀴에 구멍이 나기 마련이지

같으면서도 다른 生이 시작되는 거지 아들의 아들의 아들의 生……

아들의 生도 마찬가지지 그 또한 새로운 바퀴를 단 채 앞으로 달리지

그렇지 모든 생은 다 달리지 달리는 生은 외롭지 슬프지 아프지.

솔바람 소리

때 되어 숲 빠져나가는 솔바람 소리
굴참나무 마른 잎사귀, 떨어져 뒹구는 보리똥나무 마른 잎사귀, 부드럽게 손가락 뻗어
살짝 건드려보기도 하지 엉덩이 만져보기도 하고
빰 쓰다듬어보기도 하지

숲 빠져나가는 솔바람 소리
장난기 가득한 낯빛, 실실 눈웃음치기도 하고, 아랫마을 홍이네 집 앞마당
휘이, 내달려보기도 하지 솔바람 소리
그러면 어디로 가나 산버찌 까만 열매도 없고, 보리똥 붉은 열매도 없고, 숲 빠져나가면 어디로 가나

후두둑, 한줄금 소낙비라도
쏟아질 것 같지 거기 하늘 밑, 다섯 곳의 우물가, 다섯 그루의 오동나무 아래, 잠시 머뭇대기도 하지
어울려 한바탕 세상 욕하기도 하고

해찰도 하지 해찰이 싱거워지면 그대 솔바람 소리, 흔들리며 휘청대며 어디로 가나

걱정할 것 없지 세상은 넓고 크지
벌판을 내달리다 보면, 철조망도 있지 더러는 콘크리트 담벼락도 있고, 첩첩 절벽도 있지
빽빽 기어오르다 보면, 튀어 오르다 보면
뼛속 깊이 파고드는 한기, 그대 시린 솔바람 소리, 송이눈이 되어 내리고…… 퍼뜩 겨울이 오지 너무 추워 으스스 몸 떨기도 하지

솔바람 소리, 넓고 큰 세상 향해 치달리다 보면
한 바퀴 돌아 민들레꽃이 피고, 진달래꽃이 피고, 오동꽃이 피고
봄이 오지 다섯 곳의 우물가에 누워
콧노래 부를 때가 오지 솔숲에 들어, 다시 또 송홧가루 흩날리며 뛰어놀 때가 오지 옛 노래 부르며 파하하 웃을 때가.

살아 있는 것들의 집

무생물은 생물의 집, 모든 유기물은 무기물의 집에 산다 죽음은 삶의 집, 모든 삶은 죽음의 집에 산다 모든 살아 있는 것들은 죽어 있는 것들에 묻혀 산다

무생물을 먹고 사는 생물
무기물을 먹고 사는 유기물

그렇게 死는 生의 집
그렇게 死를 먹고 사는 生

무생물을 떠나 저 혼자 독야청청하는 생물은 없다 무기물을 떠나 저 혼자 드높은 유기물은 없다 죽음을 떠나 저 혼자 우뚝한 삶은 없다 생물은 무생물의 집, 모든 무기물은 유기물의 집에 산다.

제3부

결석

돌 속에서 내가 자랐듯이 내 속에서 돌이 자라고 있다
돌 속에서 내가 나왔듯이 내 속에서 돌이 나오고 있다

콩이여 팥이여 콩팥이여 돌에서 나와 돌로 돌아가는 생명이여 죽음이여.

고슴도치 봄밤

복사꽃이 지고 배꽃이 지고, 촉촉이 이팝꽃이 피기 시작하면, 봄밤은 절로 고슴도치가 된다

온몸 웅크린 채 날카로운 은비늘을 뾰쪽뾰쪽 내미는 봄밤, 무서워라 잠은 근처에도 오지 못한다

은비늘에 찔릴까 봐 파랗게 질리는 잠, 시간이 잠을 불러내 진하게 키스를 해도 잠은 늪에 빠져 허우적댈 생각을 하지 못한다

연거푸 술잔을 비우고서도 잠은 눈망울을 하얗게 반짝거리고 있다

창밖 하늘에는 미황사 백모란처럼 낯빛이 흰 달이 옛 여자의 얼굴을 하고 내려와 불안에 떨고 있는 잠을 내려다보고 있다

거기 읽던 책 접어두고 아파트 베란다로 나와 달 밝은 하늘, 둥두렷이 둘러보는 옛 사내도 있다

이 모습 지켜보는 사내의 멍한 마음도 더불어 있다 사내의 마음속에도 고슴도치 봄밤의 은비늘은 자란다

어디선가 둥둥둥 북소리 들린다 삼족오들 몰려와 북채를 들고 보름달 두드리고 있는가 보다.

꾀꼬리 달

그래요 달은 깃털 샛노란 꾀꼬리지요
부리조차 샛노랗지요 달은
어두운 밤하늘 환하게 쪼아대다가
그만 지쳤나 봐요
우리 집 베란다에까지 날아와
플라스틱 창틀을 쪼아대고 있네요
샛노란 깃털을 뽑아
주방 안에 자리를 펴는 것을 보면
달은 배가 고픈가 봐요
으음, 꾀꼴대는 소리가
꼬록대는 소리로 들리네요
베란다에서 저절로 크는
꽃사과의 자잘한 열매들에까지
부리 자국 또렷하네요
먼 하늘나라에서 날아와
내 가슴 콕콕 쪼아대는 꾀꼬리 달
이렇게 사랑 나누는 것이지요

꾀꼬리 달은 다리가 셋이군요

삼족오의 피를 받았나 봐요

그래요 달은 깃털 샛노란 꾀꼬리지요.

옛집

여우비 한줄금, 꼬리를 감춘 뒤였네
대문을 열자 잡풀 우거진 마당가
반쯤 들려 있는 돌쩌귀
은빛 거미줄에 싸여 하얗게 빛나고 있었네
온통 물에 젖은 채
사랑채 토광 속에는 묵은 살림들
건넌방 툇마루 위에는
차마 버리지 못한 오랜 세월들
놋주발이며 양재기며 종이 그릇 따위
눅눅히 몸을 비틀며 누워 있었네
이끼 낀 뒤꼍 장독대 위, 깨진 항아리 속에는
감나무에서 감이 떨어져
잔뜩 찡그린 채 뭉개져 있거늘
무엇 향해 안부를 물을 것인가
들큼하게 메주가 익던 끝방
나지막한 시렁에서는 절로 한숨이 새어 나왔네
우물가에는 두충나무 잎사귀들

이제는 아무도 약으로 쓰는 사람이 없어
퀴퀴한 냄새를 끌어안은 채
뭉텅뭉텅 떨어져 썩고 있었네
텅 빈 외양간의 누렁이 따위는
누구도 기억하지 못했네 사람의 훈기가 있어야
탱자나무 울타리도 하얗게 꽃 피우는 것 아닌가
조상님들의 잿빛 얼굴만
집 안 구석구석, 먹구름으로 일고 있었네.

일림산 철쭉

저 붉은 것, 산 정상에 서서
끊임없이 몸 불사르는 것
어쩌지 감히 누가 말리지

짜증을 부리고 고함을 쳐도
한꺼번에 모든 것
다 태워버리는 것
누구도 어쩌지 못하지

화르르 일어서는 것
잉걸덩이로 솟구쳐 오르는 것
내버려둬야지 제 뜻대로
소신공양하도록

끊임없이 핏덩이 토하는 것
빨갛게 익어버리는 것
아무도 어쩌지 못하지

하얀 뼛가루로, 세상
가득 덮을 때까지는
그렇지 저 깊고 넓은 하늘의 뜻
누구도 말리지 못하지.

금잉어들

너무 오래 쪼그려 앉아 있다
변기 꼭지를 누르며 자리를 털고 일어선다
한강물 타르르 흘러내린다
팔뚝만 한 금잉어들
누렇게 튀어 오르다 가라앉는다
잠시 전 내 아랫배에서
덜퍽, 미끄러져 내린 것들이다
채식을 좋아하기 때문일까
금잉어들, 빛깔 참 곱다
무등을 먹고 계룡을 먹고,
북악까지 먹으며 키워온 것들이다
한심하구나 요 며칠
이따위 금잉어들이나 키우며 살고 있다니
저 누런 금잉어들, 그래도 때깔 참 좋다
몸과 마음의 때깔도 겉으로는 참 좋다
저 금잉어들 속에는
어제와 오늘과 내일이

눈 부릅뜬 채 살아 있다
어쩌나 저 금빛 바람들
사랑해야지 아직도 내 몸속
쪼그려 앉아 있는 저것들.

안마사

달은 너무 멀리 있다 아득히 구름 뒤에 숨어
보이지 않는다 그래도 달은
내 몸을 잘 알고 있다 몸의 구석구석
긴 손가락을 뻗어 어루만진다
달은 안마사다 구름이 낮아져
기압이라도 오르면 저도 힘들어
심장의 박동, 가로막는다
흐르는 피의 속도, 무너뜨린다
그러면 너무 어지러워
마음 갈피를 잃는다 그녀도 그걸
잘 알고 있다 다가올 때보다는 멀어질 때
몸이 훨씬 가벼워진다는 것도
떠오를 때보다는 질 때
발걸음 더욱 힘차다는 것도
잘 알고 있다 달은 지금도
몸속 주춤주춤 흐르고 있다
괜한 욕심에 쫓겨 과식을 하기라도 하면

그녀는 잠시 황당해 흐르기를 늦춘다
그러면 그만 어지러워져
아무데나 주저앉아야 한다
그녀는 아득히 멀리 있다 구름 뒤에 숨어
내 몸의 구석구석 잘도 밟고 다닌다.

셋집

내 몸에도 세 들어 사는 놈들 있구나
그렇구나 내게도 세 내어줄 집 있구나

발가락에, 사타구니에, 겨드랑이에 빌붙어 마음대로 번식하는 박테리아야 바이러스야 자잘한 세균아
내 몸 이곳저곳을 떠돌며 온갖 질병을 일으키는 녀석아
위장에, 간장에, 허파에 멋대로 터 잡고 불쑥불쑥 증식하는 박테리아야 바이러스야 쪼잔한 병균아
내 몸 이곳저곳을 떠돌며 각종 질병을 일으키는 자식아
내 피는 탁하다 칙칙하다 더럽다
별별 욕망이 다 녹아 있는 공중변소의 변기처럼 역겹다
수도 없이 피 맛을 보아온 너희들도 잘 알리라
너희들 역시 생명이기는 하잖니
셋돈 한 푼 받지 않고 살 집 내어주었으니 주인치고는 인심 한번 좋구나
셋집 주인의 권리쯤은 제발 좀 인정해주거라 행여 집주인까지 쫓아낼 생각은 말거라

내 몸에도 세 들어 사는 놈들 있구나
아싸, 내게도 세 내어줄 집 있구나.

기상대

별과의 교신이 끊기면서 내 몸의 물관부를 따라 떠돌기 시작한 기상대, 비라도 내리려 하면 기상대는 제가 먼저 알고 온몸을 바늘로 콕콕 찌른다

구름만 짙게 껴도 몽둥이를 들고 심장을, 뇌를 쾅쾅쾅 두들겨대는 기상대, 이놈은 너무 자주 내게 통증의 신호를 보내온다

이놈을 밀고 가는 힘은 구름 속에, 달 속에, 별 속에, 해 속에 있다

우주를 흘러 다니며 내 몸의 날씨를 만드는 힘, 힘의 균형이 깨지면서 녀석은 내 몸의 물관부를 따라 함부로 떠돌며 행패를 부린다

때로는 귓속을 가득 메우며 귀뚜라미처럼 울기도 하는 기상대

해와 별과의 교신이 다시 연결되고 날씨가 맑아지면 녀석은 잽싸게 태도를 바꾼다 촐랑촐랑 내 몸속의 물관부를 뛰어다니며 까르르 웃는다

저 혼자 들떠 휘파람을 불러대기도 하는 기상대, 이런 날에는 내 몸도 덩달아 강강술래의 기쁨에 젖는다 우쭐거리며 콧노래를 흥얼거린다.

날이 흐려서

날이 흐려서 몸이 아프다
몸이 아파서 날이 흐리다

옆구리가 결린다 머리가 먹먹하다 귓속에서 총소리가 난다 가슴에서 먼지가 인다 가자 종아리 속에서 쥐 떼가 기어다닌다

구름이 몸 가까이 내려왔다는 거다 달이 코앞으로 다가왔다는 거다 해는 보이지 않는다 가자 해는 없다 가자 언제 내게 해가 있었던가

애초부터 해는 없다 가자 개뼈다귀처럼 거리를 굴러다니는 해, 발길마다 걷어차이는 진흙탕의 해, 가자 해는 늘 마음속에서나 뒹굴고 있다

하늘길로 들어설 때까지, 하늘과 몸 섞을 때까지, 가자 한 점 먼지로 흩날릴 때까지, 해가 되어 가자 곱게 풍화되

어 나부끼며 가자

몸이 아파서 날이 흐리다
날이 흐려서 몸이 아프다.

시체 창고

내 몸은 시체 창고, 아직 살아 있다 생명들 들끓고 있다 들끓기 위해 수많은 주검들, 삼키고 있다

세 사발의 밥, 세 대접의 국, 콩자반, 무김치, 배추김치, 꼴뚜기젓, 구운 김, 생굴무침, 우엉볶음, 콩나물무침, 갈비찜……

끓이고 지지고 볶은 것들, 이미 죽은 것들, 죽어 슬금슬금 되살아나는 것들, 내 몸은 끊임없이 주검들, 위장 속으로 받아들이고 있다

내 몸은 살아 있다 한 번 죽은 것들, 다시 죽으며 만드는 기운으로 생명들 들끓고 있다

내 몸은 시체 창고, 생명을 만들고 남은 찌꺼기들, 주검들 밖으로 밀어내고 있다

하루를 살기 위해 만드는 생명의 껍질들, 저 시체들, 오줌, 똥, 귀지, 가래침, 윗털, 아랫털, 콧털, 손톱, 발톱……

내 몸은 시체 창고, 아직 살아 있다 죽은 것들로 들끓고 있는 내 몸은 오늘도 주검들, 삼키고 있다 내뱉고 있다.

생명의 집

돌은 아버지의 집이다 아버지는 처음 돌 속에서 나왔다 아버지의 아버지의 아버지, 아버지, 아버지……

부서져 흙이 되는 돌, 나도 돌의 문을 열고 나왔다

마늘과 양파를 키우는 돌, 벼와 보리를 키우는 돌, 암탉과 칠면조를 키우는 돌, 소와 돼지를 키우는 돌

돌을 먹고 나는 또 하루를 살고 있다 주검을 먹고 나는 또 한세상을 살고 있다

돌 속에서 아버지를 꺼낸 것은, 주검 속에서 나를 꺼낸 것은 오랜 바람이다 물이다 햇볕이다 시간이다

시간이 돌을 쪼개, 흙을 으깨 나를 세상에 나오게 한 거다 시간의 부름을 받을 때까지는, 돌로 흙으로 돌아갈 때까지는 눈망울 반짝이며 이 세상 건너갈 수밖에 없다

돌은 생명의 집이다 생명은 돌의 문을 열고 나온다 돌은 생명의 생명의 생명, 생명, 생명……

부서져 흙이 되는 돌, 부서져 식량이 되는 돌, 아들도 손자도 증손자도 돌의 문을 열고 나왔다.

물로, 바람으로, 씨앗털로

나, 죽은 뒤 무엇으로 태어나고 싶은지 묻지 마오 아예 태어나고 싶지 않으이

나, 썩어진 뒤 무엇으로 몸 바꾸고 싶은지 묻지 마오 그냥 한 줌 흙이면 족하이

굳어져 바위가 되어도, 풀어져 물이 되어도, 한 오라기 가벼운 바람으로 날려도 좋으이

생명을 받으면 또 어떠리 생명을 만나, 또 또 생명을 낳고 기르면 어떠리

생명으로 먹고 살고, 생명을 먹여 살리기 위해 끼니마다 다투고 싸우지 않을 수 없으이

더는 누구도 미워하고 싶지 않으이 더는 아웅다웅 치고받고 싶지 않으이

나, 죽은 뒤 무슨 생을 살고 싶은지 묻지 마오 차마 살고 싶은 생 없으이

나, 썩어져 한 줌 흙으로, 물로, 바람으로, 씨앗털로 떠다녀도 좋으이 떠다닌들 어떠리.

달의 가출

배꼽을 타고 흘러 들어온 상처투성이의 달이 처음 내 몸에 둥지를 틀었을 때는 아직 한가한 봄날이었다

뚝뚝 피를 흘리면서도, 심하게 다리를 절룩이면서도 내 몸에 살림을 차린 달은 산수유꽃을 피우고 청매화꽃을 피웠다

복사꽃이 피고, 살구꽃이 필 때까지만 해도 달은 제 안의 밝은 빛을 데리고 환하게 웃었다 하얗게 이빨을 드러내며 달은 내 몸의 파릇파릇 피어오르는 숲을 향해 촉촉이 내려앉고는 했다

그런 날이면 달은 나를 꾀어 '서라모텔'로 가고 싶어 안절부절 못했다

그렇게 쩔쩔매던 달도 지나친 공사와 건설과 매연으로 장미꽃이 지고 라일락꽃이 지자 더럭 짜증을 내기 시작했다

여름이 되자 꽃들은 그런대로 우거진 숲이 되었다

팔과 다리에 생채기가 난 것일까 심혈관에 이상이 생긴 것일까 찬바람이 불기 시작하자 내 몸의 숲은 시름시름 앓기 시작했다

채 가을이 오기도 전에 숲은 저 자신을 다 망가뜨리고

말았다.

그런 숲을 생각하면 달은 차마 얼굴을 들 수 없었다 이제 숲은 꽃을 피우지 못했다 달이 살지 않는 숲……

달은 끝내 내 몸을 버리고 가출을 했다 도를 얻기 위해 출가라도 한 것일까 영영 달은 돌아오지 않았다

그런 후였다 내 몸은 문득 도시의 빌딩들로 가득 채워졌다 시냇물도 흐르지 않았고 꽃도 피지 않았다

언제부턴가 내 몸에는 달 대신 퍼런빛의 불안이 배꼽을 타고 흘러들어 똬리를 틀었다

불안은 도처에 근심과 걱정을 토해냈다 그때마다 내 다리는 후들후들 떨렸다

어쩌지 온갖 공사와 건설과 매연으로 숲마저 몸을 망가뜨리자 달 또한 제 뽀얀 낯빛을 망가뜨리기 시작했다

잔뜩 찡그린 얼굴로 칙칙한 하늘 한구석에 팽개쳐져 있는 달이라니!

달은 이제 검게 파헤쳐진 마을이나 우두커니 내려다보고 있을 뿐이었다.

물의 비밀

물의 비밀을 알고 있지 물의 고향을, 샛별처럼 우주에서 날아온
물도 사랑할 줄 알지 미워할 줄 알고
부드럽게 미소를 짓다가도 문득 마음이 상하기라도 하면 사납게 지랄을 떠는 물, 벌컥벌컥 화를 내는 물
내가 방긋 웃으면 저도 방긋 웃지 각기 다른 모습을 하며
여기저기 떠돌아다니는 물, 멋대로 유랑하는 물, 봄날 씨앗털처럼 흔들리다가도 잽싸게 모이고 흩어지는 물, 밀고 당기고 꺾고 젖히는 물
마음이 편해지기라도 하면 금세 반짝이는 보석의 표정을 짓지 민들레 꽃잎처럼 활짝 웃기도 하는 물
물도 마음을 갖고 있지 물은 우주에서 샛별처럼 날아온 생명의 어머니지
나도 거기서 나왔지 내가 나온 구멍에서도 물은 솟지 피를 만들고, 살을 만드는 물, 기쁠 때나 사랑할 때는 키득키득 웃기도 하는 물
물의 비밀을 알고 있지 생명의 고향을, 멀리 아득한 하

늘나라를.

걸레옷을 입은 구름

구름이 이리저리 몰려다니며 자꾸 나와 달 사이의 교신을 끊는다 걸레옷을 입은 구름……

교신이 끊기면 나는 달에 살고 있는 잠의 여신을 부르지 못한다

옛날 구름은 그냥 수증기, 수증기로는 나와 달 사이의 교신을 끊지 못한다

오늘 구름은 고름 덩어리, 걸레옷을 입은 구름은 제 뱃속 가득 납과 수은과 카드뮴을 감추고 있다

이제 내 숨결은 달에게로 가지 못한다 달의 숨결도 내게로 오지 못한다

달과 숨결을 주고받을 수 있어야 잠의 여신은 숨결을 타고 내려와 내 몸을 감싼다

잠의 여신이 내게로 내려오지 못하는 것은 구름이 제 뱃속에 납과 수은과 카드뮴을 감추고 있기 때문이다

구름, 제가 무슨 중화학공장 출신이라도 되는가

이처럼 오염된 구름을 두고 바람은 지금 어디서 무엇을 하고 있는가

양손에 비닐장갑을 낀 채 아직도 길을 잃고 헤매는 한심한 바람이라니
잔뜩 인상을 찡그린 채 도시의 뒷골목을 어슬렁대고 있는 조폭 똘마니 같은 녀석이라니
구름은 아직도 이리저리 몰려다니며 나와 달 사이의 교신을 끊는다
교신이 끊기면 달에 살고 있는 잠의 여신은 내게로 오지 못한다
기름때에 찌든 걸레옷을 입은 채 나와 달 사이에 철판 세우고 있는 저 구름을 어쩌지
끝내 바람이 구름의 걸레옷을 벗기지 못하면 누구도 잠들지 못한다
하느님조차도 눈 부릅뜬 채 몇 날 몇 밤을 깨어 있어야 한다
잠들지 못하면 어떤 영혼도 바로 숨을 쉬지 못한다 그렇게 죽는다.

살아 있는 죽음

살아 있다고? 지금, 아직, 정말?
그렇다니까 팽팽하게 살아 있다니까
자, 보라고, 으음 제법 싱싱해 보이는군
말랑말랑 부드럽기도 하고
보라니까 네 몸에도 죽음이
덕지덕지 붙어 있잖아 죽음투성이잖아
어깨 위 하얗게 쏟아져 내리는
저 살비듬 좀 봐 매일같이
시체를 내뱉고 있잖니 몸이라는 게
그렇잖니 자, 보라고
나도 마찬가지라니까 자꾸만 발뒤꿈치에서
각질이 밀려 나오고 있잖아
손가락 끝에서는 날카로운 손톱이
발가락 끝에서는 뭉툭한 발톱이
크고 있다니까 자, 나를 좀 보라고
머리에서는 머리카락이 자라고 있잖니
저 주검들 말이야 저 시체들

생의 오랜 껍질들이지 네 몸에도
이처럼 죽음이 살고 있다니까
삶이 곧 죽음이잖아 이미 죽음이
여기저기 도사려 있다니까
색즉시공이고 공즉시색이지
그것들 바로 깨닫고 실천하기까지는
침묵할 수밖에, 그냥 눈 딱 감을 수밖에
천천히 죽음을 살 수밖에 없다니까.

죽음들

러닝셔츠를 벗는다 살비듬들
시르르 떨어져 내린다

나와 함께 살아온 죽음들이다
내 몸이 키워온 것들

팬티를 벗는다 몇 가닥 터럭,
꼬불꼬불 떨어져 내린다

어쩔 수 없이 뱉어내는 죽음들이다
내 몸이 가꾸어온 것들

뾰쪽뾰쪽 손톱이 자란다
내 몸에는 저승이 살고 있다.

제4부

산수유 노란 꽃

산수유 노란 꽃을 아직 모른다고?
우멍 파진 봄 보조개가 쏘아 올리는 아지랑이 물줄기를
는개처럼 퍼져 내리는 금빛 종소리를

산수유 샛노란 손가락들이 펼쳐내는
치마폭을 깔고 앉아 있으면
종달새들 쬐그만 날갯짓도, 노랫소리도 어지럽게 들려오지

노르지리 노르지리 봄도 그만
샛노란 병아리빛으로 물들어
뾰족뾰족 제 여린 부리를 내밀지

산수유 노란 꽃을 여태 모른다고?
참새 떼 재잘거리며 쏘아 올리는 휘파람 물줄기를
습지 위에 떨어져 내리는 저 금빛 사랑을.

백양사 숲길

화쟁의 저 백양사 햇살 속을 걷자
하자 이팝나무 꽃잎들
물 많은 오르가즘으로 몸부림치는
찬란한 빛살 속을 걷자
하자 이미 져버린
검붉은 동백 꽃잎들 밟고
솟구쳐 오르는 조팝나무 새하얀 피톨들
사월이 죽고, 오월이 죽고
죽음을 만드는 상여빛 우울을 뚫고
조심조심 고개를 내밀며
벙긋벙긋 웃어대는 유월의 햇살들
오랜 수렁과 늪을 지나
밝음이 어둠을 낳고
어둠이 밝음을 낳는,
능선이 골짜기를 낳고
골짜기가 능선을 낳는,
시간의 불수레 위에 잽싸게 올라타자

저 화쟁의 백양사 햇살 속을 걷자
하자 오직 마음 하나로
솟구쳐 오르는 오르가즘 하나로
하얗게 미쳐버리는
물 많은 찔레꽃 꽃잎 속을 걷자, 하자.

설악, 소식

버려진 시간, 어두운 삼나무 숲 가운데로
느닷없이 소식 한 점 날아왔네

쾅, 하고 뒤통수를 때리는 불빛
너무 놀라 나뭇등걸처럼 굳어버렸네

설악이 제 입김으로 띄워 보낸 소식
멧비둘기의 마음으로
겨우겨우 해독했네

구구대며 우는 목소리 아주 커
숲 한가운데로
식은 땀방울들 몰려들었네

마음 달래려, 숲그늘에 무릎 모으고 앉아
내 몸에 손을 얹은
우주 한 잎 들어 올렸네

손바닥 위에는 아직 덜 마른 초여름 햇살
낮빛 환하게 웃고 있었네

우주를 함께 나누라는 뜻인가
웬걸 삼나무 숲, 또다시 버려지고 있었네.

춘양 가는 길

더는 참을 수 없어
오월에는 고인돌도 꽃을 피우지
고인돌이 제 가슴에
남몰래 피워 올리는
연보랏빛 제비꽃 따라
춘양 가는 길

봄볕 너무 밝아
오월에는 꾀꼬리도 꽃을 피우지
꾀꼬리가 산골짜기에
은근히 감춰 피우는
병아리빛 붓꽃 따라
춘양 가는 길

길 위에 서면
꽃들의 보조개 너무 어지러워
가슴 활짝 열고

숨 고르고 다듬어야 하지
문득 이 세상
텅, 비어올지라도

초록 잎새들 아주 환해
이 봄에는 당신의 마음
자꾸만 달뜨지
걸음걸음 고인돌 밟고
불어오는 바람 따라
춘양 가는 길.

구름 묘지

바람이 제 작은 부리로 물어다 놓은 깃털들이다
바람의 부푼 자궁이 오밀조밀 낳은 자식들이다

산비탈 절개지, 붉게 상처 난 사타구니 한구석
오조조, 씨앗털들 모여 구름 묘지 만들고 있다

반짝이는 햇살들, 은쟁반 두드리며 짤랑대는 시간들
밤꽃 향기 밀려와 그것들의 가슴 후끈 달아오른다

바람이 제 작은 부리로 쪼아 쌓은 깃털들이다
바람의 잘 익은 젖을 먹고 자란 솜사탕 어린 아기들이다.

고리

너로 하여 아침 햇살 뽀얗게 부서지고 있다 능금알 바알갛게 익고 있다

너로 하여 단풍잎 하르르 떨어지고 있다 한 생명 태어나고 있다

너로 하여 따각따각 말발굽 소리 들려오고 있다 말똥구리 말똥 굴려 가고 있다

너로 하여 메뚜기 떼 까맣게 튀어 오르고 있다 아침 이슬 하얗게 마르고 있다.

구절초 꽃술

구절초 꽃술 속으로 스며들고 싶을 때 있다 한 마리 꿀벌로 놀고 싶을 때 있다

중학교 때 냇둑길 따라 집으로 돌아오면서 모자 깃에 예쁘게 꽂기도 했던 꽃

구절초 꽃술 속으로 눕고 싶을 때 있다 꽃향기에 취해 깊이 잠들고 싶을 때 있다

구절초 꽃술들 언제나 마음 열어주는 것 아니다 어디서나 옷고름 풀어주는 것 아니다

단단히 여미고 있는 젖가슴, 더욱 단단히 여미고 있는 제석산 산자락, 구절초 꽃술들 보아라

구절초 꽃술 속으로 마냥 뒹굴고 싶을 때 있다 뒹굴며 한세상 잊고 싶을 때 있다

꽃술이 되고, 꽃자루가 되고, 꽃받침이 되어 한바탕 꽃향기로 흩날리고 싶을 때 있다.

삼척 바다

—파도

발걸음을 뗄 때마다 파도는 출렁이네
뛰고 달릴수록 더욱 출렁이네

그대 민소매 엷은 셔츠 속
뭉클대며 밀려오는 젖가슴

너무 어지럽네 눈 감을 때마다
함부로 몸 덮쳐오네

출렁대는 민소매 셔츠 속의 파도
손 집어넣고 싶어 쩔쩔매는 마음이라니

다가갈수록 파도는 부풀어 오르네
뛰고 달릴수록 더욱 팽팽해지네.

무등산

—소나무 두 그루

세인봉 산자락 아래, 거기 너럭바위 한구석, 웬 낯선 소나무 두 그루, 철푸덕이 퍼질러 앉는다 주둥이 쫘악 벌리고, 말없이 병째로 포도주 털어 붓는다.

벌컥벌컥, 이내 쓰러져 잠든다
한순간 잠 속으로, 오랜 인내 속으로
겹겹의 산봉우리들
흔들린다 첩첩의 산노을들
춤춘다 오직 청설모 한 마리
곧은 걸음으로 절벽 타고 오른다

취해 잠들어 있는 젊은 소나무 두 그루, 기지개를 켜며 눈 감았다가 뜬다 손바닥 비벼 푸석한 낯 문지르며, 그냥 낯설고 어색하게 비시시 웃는다.

돌 속의 집

돌 속에서 엉금엉금 기어 나온 후 너무 오랫동안 돌을 잊고 살았다

쭈글쭈글 속이 빈 돌의 껍데기가 어머니의 뱃가죽이라는 걸 알았을 때는 세상의 시간이 이미 허옇게 늙어 있었다

돌도 벌써 불그죽죽 녹슬어 있었다 수은 납 카드뮴 따위가 스며들어 늦가을 두엄 더미 위로 나뒹구는 썩은 밤송이만큼이나 몰골이 지저분했다

저 돌이 언젠가는 내가 되돌아가야 할 집이라니…… 아무 생각 없이 세상을 걷어차온 아랫도리가 싫었다 미웠다 역겨웠다

시간의 회초리에 종아리를 맞다 보면 늦었어, 늦었어 혀를 차는 소리나 겨우 알아들을 수 있었다

미처 악수를 청하기 전이지만 이 모든 일이 내 거친 아랫도리에서 비롯되는 일이라는 것을 안 것은 그나마 다행이었다

쭈글쭈글 껍데기뿐인 돌은 그래도 반갑게 내 손을 잡아주었다 돌의 손은 어머니의 젖가슴만큼이나 따뜻해 찔끔찔끔 눈물이 흘러나왔다

아직도 모래알로 잘게 부서져 내리고 있는 저 돌의 껍데기들이라니

더는 돌 속의 집으로 돌아가지 못할 것 같아 아예 온몸을 바람에게 맡기고 싶을 때도 있었다.

오늘 치의 죽음

손톱을 깎는다 내 안에서
자라는 죽음을 깎는다
수염을 깎는다 내 속에서
자라는 어제를 깎는다

뾰쪽뾰쪽 밀어 올리는
오늘 치의 죽음

오늘도 나는 오늘 치의
어제를 키운다 내일도 나는
내일 치의 죽음을 키운다

덥수룩이 자라 오르는
내일 치의 머리카락

내 안에는 뭇 죽음을 먹고
뭇 생명이 크고 있다

내 속에는 뭇 생명을 먹고
뭇 죽음이 자라고 있다.

숲의 식구들

숲의 식구들 다 물과 불에서 태어난다 물은 땅에 스며 습기를 만들고, 불은 하늘로 솟아 향기를 만든다

꽃이 피면 공중에 향기가 일고, 꽃이 지면 땅에 습기가 찬다

향기가 키우는 벌과 나비들
습기가 키우는 곰팡이와 박테리아들

숲은 벌이며 나비며 곰팡이며 박테리아들을 섞어 풀이며 나무며 새며 짐승들을 기른다

숲의 식구들에게는 날개가 있다 땅으로 가기 위해 날개를 퍼덕이며 하늘로 간다 쑥향 솔향 오디향 가득한 곳으로.

나는 물이다

나는 물이다 푸르른 강물이다 출렁출렁 흐르고 있다 낮은 곳 찾아 달리고 있다 내 발길 누구도 막지 못한다 바다까지 능청능청 흐르고 있다 달리고 있다 아득한 곳 향해

나는 물이다 최고의 선이다 높고 깊은 마음으로 뭇 생명 끌어안고 있다 내 발목, 더는 다치고 싶지 않다 어떤 불도저도, 어떤 포클레인도 내 사랑, 무너뜨리지 못한다

나는 물이다 아직은 건장한 육체다 팔다리다 씩씩하고 탱탱한 구릿빛 어깨다 우람한 내 알몸, 누구도 훼손하지 못한다 당신의 낡은 삽도, 풍만한 자본도, 들끓는 욕망도.

오이

홈마트에서 싱싱한 오이 두 개를 샀다
하얀 비닐봉지에 둘둘 말아 왔다
밥보다 채소를 많이 먹으려고……

하나는 그날 곧장 깨물어 먹고
나머지 하나는 냉장고에 처넣어두었다

처넣어둔 것이 문제였다
처넣어두고 잊어버린 것이 문제였다

이 주일도 훨씬 더 지난 뒤에야
냉장고 속 하얀 비닐봉지를 열어보았다

마구 짓물러 있는 오이라니
아깝지만 비닐봉지에서 오이를 꺼내
음식쓰레기통에 던져버렸다

그때 열어놓은 창에서 바람이 휙 불어왔다
하늘 향해 날아오르는 하얀 비닐봉지

귀신처럼 번쩍거리면서도
비닐봉지에서는 훌쩍, 오이 냄새가 퍼져왔다.

빈집

아침 산책길, 제석산 아래 천천히 걷다 보면
불쑥 이마에 와 부딪는
사람들 떠난 지 오래된 빈집
시간의 칼에 찔려 쓰러진 지 얼마인가
누구도 기억하지 못한다
앞마당 가득 피어 있는 개망초꽃들 사이
개구리 도마뱀 엉금엉금 기어 다닌다
파랗게 탱자가 크는 울타리에서는
살 오른 청설모 두어 마리
느릿느릿 오르내린다 비라도 오는 날이면
산두꺼비 우는 소리 들린다
무너진 헛간 저쪽 감나무에서는
주먹만 한 감들 절로 익는데
낡은 처마 밑의 제비집
제비들 떠난 지 너무 오래되어
흔적조차 희미하다
대문을 열고 안으로 들어갈 수도 없이

잡풀 우거진 제석산 아래 빈집
신의 오랜 손길만 이곳저곳 끌어안고 있다
가끔은 부처님의 인과도
부는 바람 따라 여기저기 어루만지고 있다

너무 오래 걷는 일을 잊고 살았다

너무 오래 걷는 일 잊고 살았다 운동화 끈
조여 매고 집 근처 논둑길 따라 몸 일으켜 세운다
길가에는 여뀌꽃들 우거져 풀덤불 이루고 있다
조금쯤 걸어 산어귀에 이르자
칡꽃들 피어 서녘 하늘 보랏빛으로 물들이고 있다
싸리꽃들 어느새 비실비실 마르고 있다
풀 냄새인가 꽃향기인가 내딛는 걸음마다
저녁연기처럼 떠 흐르는 것들
우르르 몰려와 코끝 싸하게 한다
맞은편에서 경운기 한 대 털털거리며 달려온다
운전을 하고 있는 농부의 얼굴이
구운 고등어처럼 검다 짐칸에는 목수건으로 가린
조린 꽁치 같은 얼굴을 하고 있는 농부의 아내가
난간에 걸터앉아 콧노래를 흥얼대고 있다
암만 힘들어도 탱자나무 울타리가 있는
자유농원 입구까지는 걸어갈 작정이다
힘들지 않아도 물 낯바닥 누렇게 시르죽는

저수지까지는 걷지 않을 작정이다 그곳까지 걷다 보면
커피 캔, 콜라 병, 새우깡 봉지 따위
복면을 한 채 잽싸게 발밑으로 달려들는지 모른다
그동안 걷는 일 잊고 살아 바람 쐬는 일도
가슴 펴는 일도 잊고 살았다
바람 속에는 아직 짭조름한 땀방울들 스며 있다
가슴을 펴면 내일이 다시 소년의 얼굴을 하고 달려오는데.

무등산

—추석에

명절날이라 찾아오는 사람이 없다
한나절이 훨씬 지났는데도
마실 오는 메아리 하나 없다
텅 빈 가슴, 너무 허전해
무등은 치마섶 끌고 길 나선다
오솔길 따라 아랫마을 이 씨네 사랑방 향해
주춤주춤 발걸음 떼어놓는다
사람들 여기저기 북적이는 마을
담양 양반 이 씨네 사랑방에서는
고모며 삼촌들, 사촌이며 당숙들
윷가락 던지며 깔깔깔 웃고 있다
서로들 몸 비비며 놀고 있다
고개 삐죽이 내밀고 이 모습 바라보던 무등도
그만 흐뭇해져 빙긋이 웃는다
허전하던 마음 그새 다 잊고
무등은 너풀너풀 치마섶 끌며
왔던 길 되짚어가고 있다

젖가슴 가득 차오르는 마음 끌어안으며
발걸음 사뿐사뿐 떼어놓고 있다.

지구 밖에서

지구 밖에서 지구 보네
시간 밖에서 시간 보네

아침저녁 풀피리를 불며 열리고 닫히는 저 큰 진흙덩어리, 봄에는 파랗게 태어나 겨울에는 검게 죽는 저 큰 설움덩어리, 이제는 식어빠진 불길로 아픈 목숨 겨우 이어가고 있네 죄 많은 도시의 불빛들, 어지럽게 키우고 있네 급기야 제 몸 황황히 태우고 있는, 서서히 무너뜨리고 있는 저 큰 잿더미……

역사 밖에서 역사 보네
지구 밖에서 지구 보네.

해설 · 시인의 말

폐허를 울리는 생명의 송가

이숭원 문학평론가

시집 뒤에 실린 '시인의 말'을 보니 올해가 이은봉 시인이 세상에 나온 지 60년, 시단에 나온 지 30년이 되는 해라고 한다. 딱 잘라지는 맛이 있어서 60년, 30년이라는 수치의 어감이 좋다. 30년을 한 세대라고 하니 등단한 지 한 세대가 지나고 태어난 지 두 세대가 간 것이다. 그러고 보니 한창 푸르렀던 총각 시절 대전의 어두운 술집에서 세상의 온갖 상소리를 섞어 열변을 토했던 것이 30년 너머의 일이던가? 뿔처럼 솟았던 머리가 얇게 가라앉았으니 세월만 속절없이 흐른 것인가? 나는 많이 변했지만 이은봉 시인은 그리 변한 것 같지 않다. 그는 여전히 안경 너머 재치 있는 눈빛으로 천진하게 웃다가 세상에 처음 듣는 쌍말을 섞어 못된 세월을 욕하던 그때 그 모습 그대로 남아 있다.

시론과 시 창작을 강의하는 교수답게 그는 이 시집의 성격을 간명하게 언급했다. 자연은 다양한 문양으로 기호와 문자를 우리에게 드러내는데, 이 기호와 문자를 읽는 일이 시인의 임무이다. 자연의 언어는 신의 언어이고 진리의 언어이기 때문에 그것을 제대로 포착하기가 쉽지 않다. 그래도 그것을 정성껏 독해하려는 마음으로 시를 쓴다고 했다. 그는 다음과 같이 위엄 있는 말로 글을 끝냈는데, 이 마무리 문장을 보고 그가 회갑에 이르렀음을 확연히 깨달았다. “순수하고, 정직하고, 진실한 마음으로 죽음의 벼랑에 이를 때까지 시의 길을 뚜벅뚜벅 걸어가는 수밖에.”

이렇게 당당히 말할 수 있는 사람은 흔치 않다. 나이가 들수록 불순과 허위와 가식이 늘어나는 것이 우리 인생이 아니던가. 나는 시집의 작품을 다 읽고 세상의 불순한 요소에 맞서 그의 당당함을 유지하게 해준 동력이 자연이라고 생각하게 되었다. 자연이 전해주는 암호의 수신과 그 해독 과정을 통해 깨끗하고 곧고 바른 마음이 유지될 수 있었을 것이다. 그런 관점에서 다음 시를 다시 읽으니 자연의 몸짓을 수용하는 시인의 눈길이 예사롭지 않음을 새삼 깨닫게 된다.

> 농협 창고 뒤편 후미진 고샅, 웬 낯빛 뽀얀 계집애 쪼그려 앉아 오줌 누고 있다
>
> 이 계집애, 더러는 샛노랗게 웃기도 한다 연초록 치맛자락 펼쳐 아랫도리 살짝 가린 채
>
> 왼편 둔덕 위에서는 살구꽃 꽃 진 자리, 열매들 파랗게 크고 있다
>
> 눈 내리뜨면 낮은 둔덕 아래, 계집애의 엄니를 닮은 깨어진 사금파리 하나, 반짝반짝 빛나고 있고.

_「민들레꽃」 전문

고샅길에 낮게 피어 있는 민들레꽃을 쪼그려 앉아 오줌 누는 낯빛 뽀얀 계집애로 보려면 삶의 천진성이 있어야 한다. 샛노랗게 웃는 뽀얀 낯빛의 계집애를 정겹게 바라볼 수 있는 여유도 있어야 한다. 세속 욕망에 찌든 눈빛으로 쳐다보면 계집애는 겁을 내고 울음을 터뜨릴 것이다. 오줌 방울을 흘리며 급히 옷을 추스르고 줄행랑을 칠 것이다. 납작하게 주저앉아 어린아이와 하나가 되어 연초록 웃음을 보일 때 아이도 샛노란 미소로 응답할 것이다. 그러한 순연한 교감의 물살 너머로 살구꽃 떨어진 자리에 파랗게 맺힌 살구 열매도 비치고 계집애의 젖니를 닮은 하얀 사금파리도 눈에 들어온다. 지극히 평화롭고 아름다운 정경이다.

그러나 실생활에서 우리가 대하는 자연의 외관은 그리 우아하지만은 않다. 생태계의 전반적인 오염으로 자연의 순연한 생명성이 파괴되고 있음을 우리는 여러 모로 목격하고 있다. 빙하가 녹아 서식지를 잃은 북극곰들이 빙산 위에 표류하고 있고, 과도한 개발로 살 곳을 잃은 생명체들이 외계인처럼 변이를 일으켜 떠돌고 있다. 자연의 기호를 예민하게 수신하는 시인이 이러한 사실에 무감할 수 없다. 그는 인간 욕망이 만들어낸 문명의 방자하고 잔혹한 마수를 담쟁이넝쿨로 비유하여 표현했다.

담쟁이넝쿨을 보면 겁난다
손만 닿으면
꾸역꾸역 기어오르는
사람의 역사가 떠오르기 때문이다

담쟁이넝쿨처럼
갈퀴손이 달려 있는
사람의 문명

아무리 높은 담도
갈퀴손만 닿으면
사람의 오늘은 길을 만든다

급기야는 달나라에까지
은하 철도를 놓는
사람의 내일……
담쟁이넝쿨을 보면 무섭다.

_「담쟁이넝쿨」 전문

인간은 자연 그대로 있는 것을 그냥 두지 않는다. 숲이 있으면 길을 내고 강이 있으면 다리를 놓고 하늘이 있으면 위성을 띄우고 달이 있으면 우주선을 앉힌다. 벽에 닿으면 기어올라 벽을 뒤덮고 지붕까지 장악하는 담쟁이넝쿨처럼 인간의 욕망은 끝이 없다. 북극의 얼음이 녹은 차가운 기류 때문에 봄이 와도 눈보라가 날리고 반대쪽 지역은 무더위와 홍수로 난리가 난다. 무엇이 봄의 발목을 잡고 있는 것일까? 죽어도 사라지지 않을 인간의 간악한 욕망이다. 인간은 본래 전적으로 사악한 존재는 아닌데, 문명의 성취가 가져다준 쾌락이 마음속 선한 바탕을 훼손해버렸다. 이것을 시인은 "사람들의 마음속 벽시계까지/빈대떡처럼 찌그러진 지 오래다"(「발목 잡힌 봄」)라고 표현했다.

시 「달의 가출」과 「걸레옷을 입은 구름」은 생태계 오염과 자연 파괴의 실상을 우화적으로 표현한 작품이다. 상처투성이의 달이지만 그래도 달은 아픈 몸으로 '내' 안에 들어와 봄꽃을 피우고 여름 숲을 이루었다. 그러나 달의 병환이 깊어져 생명의 터전을 잃게 되자 내 몸을 떠났고 달이 가출한 몸은 꽃도 숲도 없는 삭막한 빌딩으로 가득 채워졌다. 생명의 윤기를 잃은 내 몸을 음산한 빛깔의 불안이 장악하고 근심과 걱정이 증식하여 힘을 잃은 다리가 후들후들 떨린다. 내가 병들자 내 몸을 떠난 달도 환한 낯빛을 잃고 찡그린 얼굴로 하늘 한쪽에 팽개쳐졌다. "달은 이제 검게 파헤쳐진 마을이나 우두커니 내려다보고 있을 뿐이었다"(「달의 가출」)라고 시인은 지나가는 말처럼 적었지만 그 쓰라린 비통함은 이루 말할 수 없었을 것이다.

이제 달과 나와의 교신도 끊어질 위기에 처했다. 달과 나를 이어주던 구름도 중병이 걸렸기 때문이다. 불안한 불면의 밤을 지내며 달과의 교신을 간절히 바라고 있지만 구름은 고름덩어리가 되어 걸레옷을 입고 온갖 중금속을 내장에 감추고 있다. 바람이라도 불어와 오염된 구름의 걸레옷을 벗겨내주면 좋겠는데 바람도 제구실을 못하고 "잔뜩 인상을 찡그린 채 도시의 뒷골목을 어슬렁대고 있는 조폭 똘마니 같은"(「걸레옷을 입은 구름」) 꼴을 하고 있다. 내 몸의 숨결이 막히고 모든 생명체의 안식과 숙면이 저지된다. "잠들지 못하면 어떤 영혼도 바로 숨을 쉬지 못한다 그렇게 죽는다"(「걸레옷을 입은 구름」)라는 발언은 생태계 파괴의 끝판을 차갑게 예고하고 있다. 이와 같이 생명 현상이 사라져가는 부재의 공허감은 또 다른 시 「옛집」과 「빈집」에서도 냉정한 시선으로 묘파하고 있다.

이런 마당에 자연이 전해주는 신의 음성을 해독해보겠다는 시인의 뜻이 실현될 수 있겠는가? 자연이 철저하게 유린되고 수탈되어 넝마가 되고 걸레가 되었는데 신의 음성이 남아 있기는 한 것인가? 그 음성이 스며들 우리 영혼이 잔존해 있기는 한 것인가? 시인은 관찰과 사색을 통해 죽음의 단면을 돌파할 수 있는 예지에 도달하는데, 그것은 삶과 죽음이 분리된 것이 아니라 공존의 동체라는 인식이다. 삶과 죽음의 이원적 인식을 해체하고 그 둘을 하나로 보는 독특한 인식론의 수립이다. 그것을 표현한 작품이 「살아 있는 죽음」과 「죽음들」, 「시체 창고」, 「셋집」 등의 시편들이다.

살아 있다고? 지금, 아직, 정말?
그렇다니까 팽팽하게 살아 있다니까
자, 보라고, 으음 제법 싱싱해 보이는군
말랑말랑 부드럽기도 하고
보라니까 네 몸에도 죽음이
덕지덕지 붙어 있잖아 죽음투성이잖아
어깨 위 하얗게 쏟아져 내리는
저 살비듬 좀 봐 매일같이
시체를 내뱉고 있잖니 몸이라는 게
그렇잖니 자, 보라고
나도 마찬가지라니까 자꾸만 발뒤꿈치에서
각질이 밀려 나오고 있잖아
손가락 끝에서는 날카로운 손톱이
발가락 끝에서는 뭉툭한 발톱이
크고 있다니까 자, 나를 좀 보라고
머리에서는 머리카락이 자라고 있잖니
저 주검들 말이야 저 시체들
생의 오랜 껍질들이지 네 몸에도
이처럼 죽음이 살고 있다니까
삶이 곧 죽음이잖아 이미 죽음이
여기저기 도사려 있다니까
색즉시공이고 공즉시색이지

그것들 바로 깨닫고 실천하기까지는

침묵할 수밖에, 그냥 눈 딱 감을 수밖에

천천히 죽음을 살 수밖에 없다니까.

_「살아 있는 죽음」 전문

우리 몸에는 이미 수많은 죽음들이 내포되어 있으며 산다는 것은 끊임없이 죽음과 삶이 반복되는 현상이다. 지금 이 순간에도 우리 몸에는 헤아릴 수 없이 많은 세포가 죽어가고 동시에 그만한 수효의 새로운 세포가 탄생한다. 죽음과 삶이 공존하며 그 둘의 관계가 무한히 반복되는 것이 생명현상이고, 죽음과 삶이 결합되어 있는 공간이 바로 생명체이다. 우리의 몸 안과 바깥에 무수한 미생물들이 우리와 함께 살고 있다. 이러한 인식은 자연 훼손과 생태계 파괴를 단순한 죽음으로 보는 시각에서 벗어나 '생명의 기원'을 탐색하는 자세를 갖게 한다.

생명의 기원. 이것은 매우 중요한 말이다. 이것은 보편적이고 궁극적인 철학적 탐색의 출발을 의미하기 때문이다. 고대 희랍의 철학자들은 우주 만물의 근원이 무엇인가를 두고 오랫동안 심각하게 고민했다. 어떤 이는 만물의 근원을 물이라 했고 어떤 이는 불이라 했으며 어떤 이는 원자라 했고 어떤 이는 네 가지 원소라 했다. 이은봉 시인 역시 물이 생명의 고향이라고 생각하여 두 편의 시 「물의 비밀」과 「나는 물이다」를 썼다. 이 시들은 앞의 부정적 자연 현상의 음울한 국면과는 달리 훨씬 밝고 유연한 상상의 화폭을 펼쳐 보인다. 물의 자유분방한 움직임은 생명의 유연성을 그대로 반영하고 자본의 횡포와 문명의 도발에 저항하고 도전할 수 있는 역동성을 상징하기도 한다. 이 물의 상상은 고대 희랍의 철학자로부터 동양의 제자백가에 이르기까지 숱한 사람들이 공유했던 사유이기에 그리 새롭다고 하기는 어렵다. 그러나 만물의 기원이 돌이라고 한 사람은 없다. 그런 점에서 돌을 "생명의 집"으로 인식한 이은봉의 시 「생명의 집」과 「돌 속의 집」은 누구에게든 독창적이라는 평을 들을 만하다.

> 돌은 아버지의 집이다 아버지는 처음 돌 속에서 나왔다 아버지의 아버지의 아버지, 아버지, 아버지……
>
> 부서져 흙이 되는 돌, 나도 돌의 문을 열고 나왔다
>
> 마늘과 양파를 키우는 돌, 벼와 보리를 키우는 돌, 암탉과 칠면조를 키우는 돌, 소와 돼지를 키우는 돌
>
> 돌을 먹고 나는 또 하루를 살고 있다 주검을 먹고 나는 또 한세상을 살고 있다
>
> 돌 속에서 아버지를 꺼낸 것은, 주검 속에서 나를 꺼낸 것은 오랜 바람이다 물이다 햇볕이다 시간이다
>
> 시간이 돌을 쪼개, 흙을 으깨 나를 세상에 나오게 한 거다 시간의 부름을 받을 때까지는, 돌로 흙으로 돌아갈 때까지는 눈망울 반짝이며 이 세상 건너갈 수밖에 없다
>
> 돌은 생명의 집이다 생명은 돌의 문을 열고 나온다 돌은 생명의 생명의 생명, 생명, 생명……
>
> 부서져 흙이 되는 돌, 부서져 식량이 되는 돌, 아들도 손자도 증손자도 돌의 문을 열고 나왔다.
>
> _「생명의 집」 전문

여기서 돌은 흙의 원형이자 모태이다. 부서져 흙이 되는 것이 돌이기 때문에 돌이 마늘과 양파, 벼와 보리 같은 식물을 자라게 하고, 암탉과 칠면조, 소와 돼지를 기른다고 했다. 시간이 흘러 바람과 물과 햇볕에

의해 흙이 되지만 태초의 원형은 부서진 흙이 아니라 견고한 고체인 돌이다. 시인은 모든 선조가 돌의 문을 열고 나왔고 모든 후손도 돌의 문을 열고 태어날 것이라고 했다. 그래서 돌은 "아버지의 집"이요 "생명의 집"이다. 우리는 흙과 바람과 물과 햇볕의 세월에 길들어 돌이 생명의 집이라는 것을 잊고 산다. 중금속에 오염되어 불그죽죽 녹슬어 보이는 돌이지만 처음 화산의 용암으로 용출되었을 때는 세상 모든 것을 녹이고도 남을 뜨거운 생명의 도가니로 불타올랐을 것이다.

타오르던 싱싱한 불기운이 사그라졌으므로 인간은 자연의 근원으로 직접 다가가기 어렵게 되었다. 자연은 문명의 폐해로 상당 부분 생명력이 유실되었고 자연의 병변은 인간에게도 여러 가지 질병을 일으키고 있다. 자연과 우주의 불균형이 인간의 몸의 이상으로 전달되는 것이다. 그런 의미에서 자연과 인간의 몸 사이에는 기상대의 역할을 하는 매개자가 있는 것 같다. 비가 내리려 하면 몸이 쿡쿡 쑤시고 구름이 짙게 끼면 심장이 두근거리고 머리가 지끈거린다. 자연의 이상을 몸의 통증으로 알려주는 기상대가 자연과 인간 사이에 존재하는 것이다. 귀에 이명을 일으켜 매미 울음소리를 연신 울리는 것도 기상대의 작용이다. 자연이 정상을 되찾으면 인간의 몸도 균형을 잡고 정신도 맑아진다. 까르르 웃기도 하고 기쁨에 젖어 콧노래를 흥얼거리기도 한다. 우리 몸의 일거수일투족이 모두 자연과 연결되어 있어서 몸은 자연의 변화를 감지하는 기상대 역할을 한다. 때로 기상대는 안마사 역할을 할 때도 있다. 몸의 흐름을 파악하여 적절한 신호를 보내고 몸의 구석구석을 긴 손가락으로 어루만지는 안마사. 자연이 우리 몸에 안마사나 기상대 역할을 맡기는 것은 다행스러운 일이다. 그것은 자연이 우리를 완전히 포기하지 않았다는 증거이다. 우리의 과도한 욕망이 자연의 균형을 잃게 했지만 자연은 우리를 버리지 않고 여러 가지 신호로 몸의 병변을 지적하여 더 큰 파

국을 막을 것을 경고한다. 이러한 생각을 담은 시가 「안마사」와 「기상대」이다. 이런 시적 상상도 자연과 인간의 관계를 깊이 명상한 데서 얻어진 독창적인 발상이다.

시인은 촉수를 예민하게 세우고 자연에서 전해오는 갖가지 신호를 가능한 한 정밀하게 해독하려 한다. 이미 자연의 순수성이 훼손되었기에 자연의 속삭임이 우리에게 순연하게 도달하지 못하는 일이 많다. 등불 환히 켠 산수유꽃의 아름다움도 "마른버짐 피어오르는"(「저 산수유꽃」) 수척한 얼굴에 제대로 젖어들기가 힘들다. 자연과의 동화가 그렇게 쉬운 일이 아니다. 자유농원 들마루에 온갖 꽃들이 피고 지지만 꽃으로 얼룩진 서책은 "소리 내어 읽어도, 좀처럼 이해되지 않는다"(「봄꽃들」). 때로는 생명의 환희가 아픔으로 다가오고 생명의 찬란한 의미를 완전히 체감하지 못하는 미완의 상태에 머물게 된다. 그만큼 자연은 전일적 생명력을 온전하게 유지하지 못하고 있다. 그렇다고 우리의 노력이 중단되어서는 안 된다. 우리의 생명이 피어 나온 곳이 자연이고 우리의 육신이 돌아갈 곳도 자연이기 때문이다. 여기서 시인은 "생명의 알"을 상상한다. 껍데기가 깨어져야 생명체로 태어나는 알. 알에서 태어나는 생명체에게는 껍데기가 깨지는 아픔이 있고 껍데기에서 벗어나 홀로 나아가야 할 외로운 슬픔의 길이 있다. 알에서 태어났다가 다시 알을 낳는 생명의 순환은 생의 아픔과 슬픔을 숙명의 형태로 끌어안는다.

천둥이 치고 번개가 쳐야 生의 껍데기는 깨지지 生의 껍데기가 깨져야 알은 태어나지
生의 알…… 알에서 태어나는 生은 외롭지 슬프지 아프지
바퀴가 달려 있기 때문이지
바퀴는 돌고, 도는 바퀴의 축에는 '떠돌이'라는 굵은 글씨가 새겨져 있지

더러는 '나그네'라는, 더러는 '낙타'라는 글씨가 새겨져 있기도 하지
'아버지' 혹은 '고향' 따위의 글씨는 새겨져 있지 않지
바퀴가 달려 있는 알의 生, 한번 구르기 시작하면 글씨는 금세 사라지지
구르는 알의 生은 하나의 까만 점, 멈출 줄 모르지
멈추면 흙 속으로, 대지 속으로 아름답게 미끄러지는 거지 어머니의 자궁 속, 딱딱한 알의 껍데기를 뒤집어쓰는 거지
껍데기를 깨고 다시 밖으로 튀어나올 때까지는
미끄러지지 않기 위해서라도 바퀴는 구르지 구를수록 눈덩이처럼 커지며 신화와 전설을 만드는 알의 生,
끝내 저를 깨뜨려 밖으로 튀어나오는 알의 生, 때가 되면 그도 멈추기 마련이지 바퀴에 구멍이 나기 마련이지
같으면서도 다른 生이 시작되는 거지 아들의 아들의 아들의 生……
아들의 生도 마찬가지지 그 또한 새로운 바퀴를 단 채 앞으로 달리지
그렇지 모든 생은 다 달리지 달리는 生은 외롭지 슬프지 아프지.

_「生의 알」 전문

우리의 생은 아픔과 슬픔을 태생의 조건처럼 지니고 있다. 천둥이 치고 번개가 쳐야 생명이 탄생하는 것이다. 태어난 생명은 알 수 없는 바퀴를 타고 세상으로 나아가게 되어 있다. 태어난 곳을 떠나 거친 세상을 떠돌고 때로는 태어난 곳도 잊어버리고 어느 먼 세상으로 헤맨다. 떠돌고 헤매다 어느 자리에 이르러 자신이 그러했던 것처럼 알을 낳는다. 새롭게 태어난 알 역시 그 부모가 그러했던 것처럼 보이지 않는 앞을 향해 나아간다. 세상에 태어난 생명체의 순환이 이러하다. 그렇게 생명의 순환이 일어나고 인간의 일이 이어지고 역사가 전개된다. 모든 생은 앞을 향해 달리게 되어 있고 달리는 생은 모두 외롭고 슬프다. 이렇게 생의

아픔과 슬픔을 존재의 징표로 받아들이게 되면 우리 몸에 일어나는 잡다한 변화의 기미를 넘어설 수 있다. 자연 파괴의 실상에 마음이 시달려 우울과 번민에 휩싸이는 데서 벗어나 자연의 내부로 들어가 아직 생명의 온기를 유지하고 있는, 때로는 생명의 불꽃을 키우고 있는 작고 순연한 생명체들의 눈부신 아름다움을 정밀하게 바라보는 눈이 열리게 된다. 「빈집」과 「옛집」의 자폐적 공허감에서 벗어나 빈집을 채우는 텃새의 생명력을 발견한다. 시인은 텃새의 생명의 발성을 "신의 목소리"라고 했다.

옛집, 무너진 담벼락 아래
함부로 흩어져 있는, 블록 벽돌 속
너무도 익숙한 텃새 두 마리
번갈아 드나들고 있다
날카로운 부리에는
메뚜기, 잠자리, 풀여치 따위
죽어도 좋다, 온몸 파닥거리며
꽈악, 물려 있다
거칠 것 없는 햇살들
두충나무 넓은 이파리를 뚫고
팍팍, 터져 내리는 늦여름 오후,
샛노란 새끼들의 주둥이
드높은 하늘을 향해
쫙쫙, 벌리고 있다
목청을 높이고 있다
짜식들, 발가락까지 샛노랗다

옛집, 허물어진 담벼락 아래
멋대로 나뒹구는 블록 벽돌 속
거기, 집의 집 있다
쪼르르, 찍찍, 짹짹
찌르르, 뽀짝뽀짝, 뽀오
어린 신의 목소리 즐겁다.

_「집의 집」 전문

다 무너진 옛집 깨진 벽돌 사이에 둥지를 튼 텃새 두 마리가 번갈아 먹이를 물어 새끼들의 주둥이에 넣어준다. 겉으로 보면 담벼락 허물어지고 블록 벽돌 함부로 뒹굴고 있어 폐허 같아 보이지만 이 텃새 가족에게는 더없이 아늑하고 소중한 보금자리이다. 여기서 우리는 자연을 지금까지 인간의 관점으로만 보아온 데 대해 반성할 필요가 있다. 인간보다 적응력과 생명력이 강한 생명체들은 생명이 깃들 수 있는 곳이면 어디든 스며들어 생명의 기운을 발동시킨다. 눈에 잘 띄지도 않는 미물이지만 그 속에 내장된 생명의 신비는 신의 몸놀림을 보여주고 신의 목소리를 들려준다.

이제 생명의 무한한 축복을 자신의 온몸으로 받아들이려는 신생의 몸짓이 활기차게 솟아난다. 그는 더 이상 기상대의 조종을 받는 병든 몸이 아니며 안마사의 조율을 받는 육신의 노예도 아니다. 그는 자연의 벗이며 자연의 이웃이고 자연의 애인이고 자연 그 자체이다. 그의 시 「막」은 자귀나무 꽃잎과 자신 사이에 아무런 경계가 없다고 노래한다. 자귀나무 분홍 꽃잎과 하나가 되어 건들바람을 따라 살랑대고 겨드랑이 아래로 푸른 꽃망울을 밀어 올리고 성숙의 계절을 따라 사랑의 열매가 익어간다. 「참나무들」은 참나무 숲의 미끈한 "초록 선사"들이 푸른 생명의 혀로 절망과 고통, 슬픔과 우울을 정겹게 쓰다듬어주는 원시 생령들의 한바탕 즐거운 놀이판을 상상한다. 이미 그 자신이 참나무 숲의 일부가 되어 그들의 깊고 아름다운 마음에 동참하고 있음을 암시하고 있다.

이러한 동화와 공감의 장면은 「상수리나무들아」에서 더욱 심화되어 상수리나무를 쓰다듬고 안아보고 들쳐 업는 상상의 동작을 통해 상수리나무의 온기 속으로 '내'가 젖어들고 그 숨결이 내 몸으로 스며들어 상수리나무 껍질 속에 살고 있는 작은 풍뎅이나 어린 집게벌레들의 움직임도 환히 눈에 보이는 것 같고 내 몸에 상수리나무 냄새가 그득히 퍼져 흘러넘치는 것 같은 경지를 노래한다. 여기서 더 나아가 「솔바람 소리」는 솔바람 소리를 상상의 축으로 삼아 생명의 무한한 자유와 드넓은 포용력과 집착 없는 초탈과 걸림 없는 조화의 경지를 구가하는 찬란한 교향악을 창조한다. 오감이 총동원된 자유자재의 만다라 앞에 생태계나 문명의 문제를 거론하는 것은 의미가 없는 일이다. 눈부신 우주 교향악의 선율에 몸을 맡기고 우리도 솔바람 소리와 함께 꽃 피고 새 우는 들판과 계곡으로 자유롭게 유영해가면 될 것이다. 30년 시력에 이런 경지에 이른 것은 결코 우연이 아닐 것이니 잠시도 쉬지 않았을 수행 정진에 고개를 숙일 뿐이다. 그의 구도의 길이 더 큰 보람으로 이어지기를 빌며 책 뒤에 붙이는 작은 글을 마친다.

자연은 섬세하고 다양한 문양이다. 싹을 틔우고, 꽃을 피우고, 열매를 맺으며 세상에 수많은 자취와 흔적을 남긴다. 이때의 자취와 흔적을 이미지라고 불러도 좋으리라.

자연이 만드는 이미지는 일종의 기호이고 문자이다. 이때의 기호와 문자는 즐거운 콧노래를 담기도 하고, 서러운 웅얼거림을 담기도 한다. 지금은 고통의 신음을 압축하고 있어 세상을 아프게 하지만.

바뀌고 변하는 자연이 만드는 기호와 문자…… 이때의 기호와 문자를 바로 읽는 일이 시인의 임무이다. 물론 이들 기호와 문자를 바로 읽는 일은 어렵고 힘들다. 신호이기도 하고 암호이기도 한 자연의 언어…….

자연의 언어는 신의 언어이다. 신의 언어는 진리의 언어이다. 진리의 언어를 바로 읽으려면 신의 눈을 가져야 한다. 그래야 자연의 질서와 혼돈을 읽을 수 있다. 자연의 질서와 혼돈은 크고도 작아 쉽게 포착되지 않는다.

자연의 언어에는 삶의 언어도 포함되어 있다. 삶의 문양이 만드는 진리들…… 이 시집에는 삶의 문양이 만드는 진리들에 대한 독해도 들어 있다.

세상에 나온 지 60년, 시단에 나온 지 30년이다. 하지만 마음은 아직 한여름의 초록 숲길을 걷고 있다. 물론 머잖아 내게도 풍성한 가을의 들판이 펼쳐지리라, 나뭇가지 앙상한 겨울의 숲이 찾아오리라.

그렇다고 해서 지금의 내게 무슨 다른 길이 있나? 순수하고, 정직하고, 진실한 마음으로 죽음의 벼랑에 이를 때까지 시의 길을 뚜벅뚜벅 걸어가는 수밖에.

2013년 봄에

이은봉